Surrealistische Autogeschichten für große und kleine Zwerge
von Luise Fahrgestell

Meinen wundervollen Söhnen Johannes und Christian

Bibliografische Information der Deutschen Nationalbibliothek
Die Deutsche Nationalbibliothek verzeichnet diese Publikation
in der Deutschen Nationalbibliografie, detailierte bibliografische
Daten sind im Internet über http://dnb.dnb.de abrufbar.

©Luise Fahrgestell 2014

Herstellung und Verlag
BoD - Books on Demand, Norderstedt

ISBN: 9-783738-609103

Müllauto

Es war einmal ein großes Müllauto. Jeden Tag fuhr es durch die Straßen und lud den Müll der Menschen ein.
Es war glücklich mit dieser Aufgabe, auch wenn es manchmal etwas traurig war, denn die Menschen bedankten sich NIE dafür, dass der Müll abgeholt wurde.

So sagte das Müllauto eines schönen Tages:
„Ich möchte einmal, dass mir Einer dankt dafür, dass ich den Müll zur Müllverbrennungsanlage bringe. Das würde ich mir so sehr wünschen."

Der liebe Gott hatte ein Einsehen mit dem großen Müllauto und

sprach zurück:
„Ich werde Dir einen Freund schicken, der Dich begleitet und sich immer bedankt."

Das Müllauto freute sich und fragte sich nun, wer wohl dieser Freund sein könnte.

Da kam ein buntes Motorrad des Wegs. Es war nur klein und passte gut während des Fahrens, neben das Müllauto.

Das kleine Motorrad sprach:
„Liebes Müllauto, ich möchte Dein Freund sein, denn ich finde es so toll, dass Du immer den Müll zur Müllverbrennungsanlage fährst. Und dass deswegen die Straßen immer so schön sauber sind.

Das fand das Müllauto ganz toll. Nun hatte es einen Freund.

Und so fuhren die beiden am nächsten Tag gemeinsam durch die Straßen.
Das Müllauto lud den Müll ein, und jedes Mal sagte das kleine Motorrad:
„Das finde ich toll, dass Du den Müll wegfährst, vielen Dank!"

Als der Tag nun zu Ende ging, verabschiedete sich das Motorrad und sagte:
„Ich muss nun zurück zu meinen Leuten, aber nochmals, ich danke Dir, dass ich diesen Tag mit Dir verbringen durfte und Du soviel Gutes getan hast. Ich danke Dir!"

Großer grüner Fernbus

Es war einmal ein großer grüner Fernbus. Er fuhr jeden Tag die Strecke von Berlin nach Oberstdorf und wieder zurück. Die Fahrt ging über Felder und Wiesen und auch über die Autobahn. Auf der Autobahn fuhr der Fernbus sehr schnell und war fast so geschwind wie andere Fahrzeuge. Er machte viele Pausen und war ein ganz glücklicher Bus.

Eines Tages jedoch sagte er zu seinem Fahrer:
„Hey Fahrer, ich möchte auch mal die Leute zählen und sehen, die Du siehst!
Kannst Du mir nicht helfen? Ich brauche ein paar Augen."

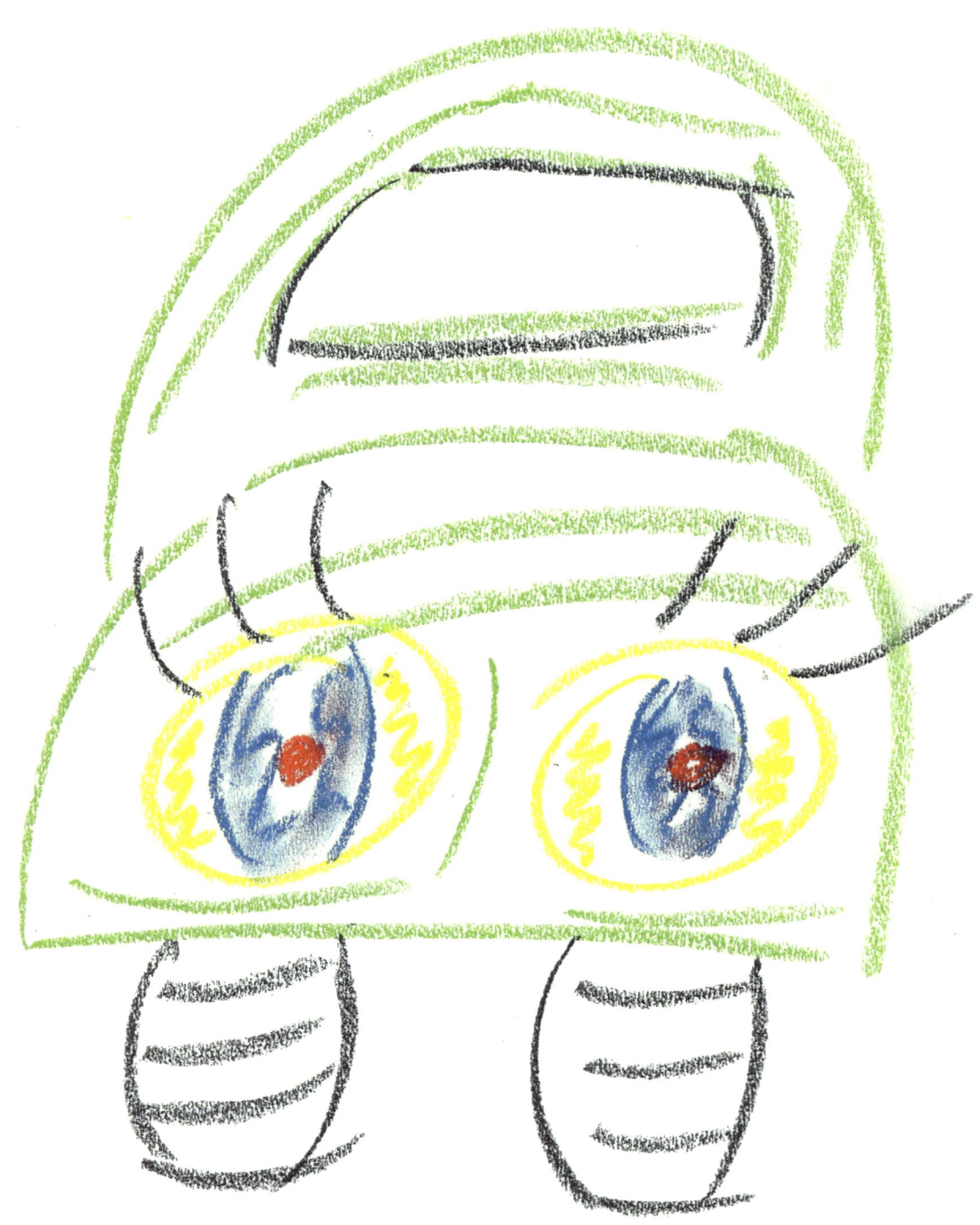

Da sagte der Fahrer zu dem Fernbus:
„ Ja ich will Dir gerne helfen! Und werde sehen was ich machen kann."
Da fuhr der große Fernbus ausnahmsweise mal nicht die Strecke nach Oberstdorf und zurück, sondern er fuhr nach Berlin rein. In die Stadt. Hier gab es Häuserschluchten und viele viele Menschen.
Der Fernbus musste langsam und vorsichtig fahren.

Schließlich kamen der große Fernbus und sein Fahrer zu einem Autoteilehändler.
Dort fragten sie nach Augen für den Fernbus. Der Autoteilehändler war sehr begeistert über die Initiative, des Busses. Ein Fernbus mit Augen, um zu sehen welche Fahrgäste er transportieren sollte, das fand der Händler toll. Er sagte:
„ Ja ich habe Augen für Dich. Ich will sie Dir einbauen.!"

Schnell baute der Autoteilehändler dem Fernbus Augen ein , und auf einmal konnte der Fernbus sehen. Und was er nicht alles sah! Da waren große, dicke, dünne, gelbe, lila, blaue, grüne, schwarze und weiße Fahrgäste, die in den Bus stiegen. Der Fernbus war begeistert und sagte:
„ Nun kann ich meine Fahrt zufrieden fortsetzen!"

Der große LKW und der kleine Smart

Es war einmal eine kleine Mercedes A Klasse. Sie gehörte Oma. Oma liebte Ihr Auto und pflegte es immer sehr gut.

Doch die Zwillinge Johannes und Christian wünschten sich auch beide ein Auto. Johannes wollte ein Smart Auto und Christian wünschte sich so sehr einen LKW.

So kam es, dass Johannes und Christian eines Tages, auf die Suche nach Ihren Autos gingen.
Sie gingen mit Ihren Wünschen zu einem Händler und der sprach:
„ Johannes und Christian. Ich habe viele, viele Autos, doch es ist kein Smart dabei und auch kein LKW!"

Johannes und Christian waren sehr traurig darüber und so fragten sie sogleich, wo man denn diese Autos bekommen könnte.
Der Händler sagte zu Ihnen, sie sollten doch mal zu Mercedes gehen.

Bei Mercedes gab es sehr viele Smart Autos, sie waren in einer großen Box gestapelt.

Johannes kaufte sofort ein rotes Smart Auto, und das Smart Auto verliebte sich sogleich in Johannes.

Auch Christian wurde fündig und kaufte einen großen dicken LKW, mit dem er durch die Straßen donnern konnte. Wie ein großer Mann.

Diese beiden Autos aber vertrugen sich so gar nicht. Der LKW machte sich immer lustig über den Smart. „Du bist so klein und handlich, wie ein Elefantenrollschuh siehst Du aus. Viel zu klein bist Du", lachte der LKW ihn aus. „Du bist wie eine kleine süße Maus",sagte er.
„Wie ein Elefant auf Rollschuhen seht Ihr aus, und Du bist der Rollschuh", sagte der große LKW. „ Ich hingegen bin groß und stark und liebe die Straße viel mehr als Du!"
Der kleine Smart war sichtlich beleidigt und eingeschnappt, denn immerhin konnte er zwei Fahrgäste transportieren und fand das gar nicht wenig.
Er wehrte sich und sagte: „ Du bist wie ein großer Klotz, Du

verstopfst alle Straßen, Du bist viel zu dick!! Mit Dir findet man nie einen Parkplatz. Was bist Du nur für ein Auto! Du taugst nicht an der Wurzel!"

Der LKW aber konterte: „ Ich kann transportieren. Große Sachen, ganze Umzüge kann ich machen. Du hingegen kannst noch nicht einmal einen Weihnachtsbaum nach Hause bringen."

Diese Worte aber, beleidigten den Smart noch viel mehr und so zerstritten sich die beiden Autos sehr schlimm.

Johannes und Christian waren sehr unglücklich darüber, dass sich Ihre Autos zerstritten hatten. Denn sie liebten sie beide sehr. Und Christian wollte einmal bei Johannes mitfahren, und Johannes bei Christian, und das ging nun so gar nicht, wenn Ihre Autos so zerstritten waren.

Da fragten sie schließlich Oma. Oma? Was können wir tun?

Oma sagte: „Ihr müsst Eure Autos gut werten und immer lieb zu Ihnen sein, dann werden sie sich vielleicht nicht mehr so streiten!

Ihr müsst immer nett zu Ihnen sein und Ihr dürft kein Auto bevorzugen, auch wenn es manchmal schwierig ist."

Johannes und Christian sahen sich Ihre Autos an und befolgten Omas Rat.

Und siehe da, nach ein paar Wochen vertrugen sich die Autos wieder.

Kleines rotes Auto

Es war einmal ein kleines rotes Auto. Es liebte die Landstraße und fühlte sich oft ganz schön stark.
Es fuhr wie so oft die Straße entlang. Als es auf einem Parkplatz anhielt, geschah etwas Wunderschönes.
Es sah auf dem Parkplatz ein zweites Auto. Ein kleines grünes Auto. Dieses kleine grüne Auto hatte so tolle Blinker. Und so tolle Scheinwerfer. Und der Auspuff! Eine Augenweide. Das kleine rote Auto staunte. So ein tolles Auto!

Das kleine grüne Auto sah das kleine rote Auto und dachte: „ Ach wie süß, so ein süßes kleines Auto!, diese Scheinwerfer, so tolle Augen hat es. So süße kleine Türen… und erst die Heckklappe!"

Du siehst, die beiden Autos verliebten sich sofort!
Das kleine rote Auto schlich langsam näher heran. Und das kleine grüne Auto tat es ihm gleich. Bis sie schließlich....

die Stoßstangen aneinander hatten. Da streckte das kleine rote Auto, seine Zunge raus. Und siehe da, das kleine grüne Auto tat dasselbe.

So knutschten sie eine ganze Weile...

und von diesem Tag an, waren sie unzertrennlich.
Sie fuhren nur noch gemeinsam überall hin, denn sobald der eine losfuhr, gab es bei dem anderen einen Stich in der Motorhaube und er musste einfach hinterher.

Die Kinder Autos auf dem Spielplatz

Es war einmal ein kleines feuerrotes Auto und das war sehr wild. Es war von Johannes und war noch ein kleines Auto, es musste noch wachsen.
Dieses kleine Auto hatte auch ein Mama Auto und ein Bruder Auto und ein Oma Auto.
Das Bruder Auto war leuchtend grün und auch sehr wild.

Die beiden Kinder Autos wollten eines schönen Tages auf den Spielplatz gehen. Oma Auto und Mama Auto versprachen mitzukommen. Und so fuhren alle vier zum Spielplatz.
Der Spielplatz war sehr groß, viel größer als die Spielplätze für Menschen, denn Autos sind ja auch viel größer als Menschen.

Auf diesem Spielplatz gab es die merkwürdigsten Spielsachen,

zum Beispiel gab es eine Rampe, auf der man springen konnte. Das kleine feuerrote Auto von Johannes nahm Anlauf und sprang bis zur Sandkiste. Das kleine grüne Auto tat es ihm nach und kam noch ein kleines bisschen weiter.

Dann gab es auf dem Spielplatz einen Feuerkessel. In den Feuerkessel fuhr man durch ein Tor hinein. Dieses Tor schloss sich hinter einem und dann konnte man im Kreis fahren und immer höher und höher und höher.
Das mussten der kleine feuerrote Flitzer und der kleine grüne Flitzer auch unbedingt machen.
Und Mama Auto und Oma Auto machten sich große Sorgen, ob die kleinen Kinder Autos das auch schaffen könnten.

Aber strahlend kamen die beiden kleinen Autos wieder raus.

Danach wollten die zwei Kinder Autos ein wenig in der Sandkiste spielen und Ihren Motorraum beschmissen sie mit Sand.
Die Sandkiste war aber kein so rechter Spielplatz für die zwei kleinen Autos, dafür waren sie schon viel zu groß, sie waren nämlich schon drei Jahre alt.

Nach einer Weile sagte Mama Auto zu Oma Auto: „Wir müssen wieder nach Hause gehen."

Die beiden kleinen Kinder Autos wollten aber unbedingt noch mit der Auto Seilbahn fahren, denn das machte Ihnen besonders viel Spaß.
Falls Du Dir nicht vorstellen kannst wie eine Auto Seilbahn aussieht, stell Dir ein Brett vor und zwei Seilzüge an denen es hängt. Das Auto steigt auf das Brett und flitzt mit der Seilbahn den Berg hinunter.

Das fanden die beiden kleinen Autos so toll, sie wollten immer wieder und wieder mit dieser Auto Seilbahn fahren. Ja. Mama und Oma Auto waren schon sehr genervt. Sie wollten endlich wieder in Ihre Garage.

Mama und Oma Auto versuchten die beiden Kinder Autos zu locken:

Mama Auto sagte: „Es gibt leckeres Benzin in unserer Garage! Ich habe die Tankstelle neu aufgefüllt, Ihr könnt Euch einen leckeren Snack besorgen."

Oma Auto war ganz anderer Meinung und lockte mit gutem Kühlwasser.

Doch beide hatten keinen Erfolg.

Schließlich sagte Mama Auto: „Wir müssen sie ins Schlepptau nehmen!"

Mama Auto und Oma Auto nahmen jeweils ein Kinder Auto ins Schlepptau und fuhren nach Hause mit großem Gehupe.

Die beiden kleinen Autos waren sehr verärgert! Sie beschwerten sich und hupten, was das Zeug hielt.

Zuhause angekommen wollten sie nun doch Benzin essen und Kühlwasser saufen. Sie stärkten sich und fielen in tiefen Schlaf.

Alles war gut.

Kleines blau-weißes Polizeiauto

Es war einmal ein blau-weißes Polizeiauto. Es jagte jeden Tag Verbrecher.
Doch eines Tages hatte es keine Lust mehr, Verbrecher zu jagen. Es sagte: „Die Verbrecherjagd ist so mühevoll und so anstrengend, ich möchte viel lieber zur berittenen Polizei.
Die Polizei zu Pferde beschäftigt sich nur mit blöden Fußgängern und Fahrradfahrern, die sich falsch verhalten...! Es ist nicht so anstrengend wie die Verbrecherjagd."

Aber wie sollte das gehen, ein Auto bei der berittenen Polizei?!?
Doch das blau weiße Polizeiauto gab nicht auf! Es ging zu seinem Chef und sagte:
„Ich möchte so gerne zur berittenen Polizei! Wie kann ich das

nur schaffen?"
Das Chef Polizeiauto antwortete:
„Du brauchst Beine und einen Pferdekopf. Wir müssen ein Blechpferd aus Dir machen!"
„Am besten Du gehst gleich in die Werkstatt."

Das ließ sich das Polizeiauto nicht zweimal sagen und fuhr in die Werkstatt.

In der Werkstatt dauerte es unter Narkose ganze 10h, dann hatte das blau-weiße Polizeiauto Pferdebeine und einen Pferdekopf. Nur der Schweif fehlte noch, aber auch das war schnell erledigt.

Stolz betrachtete sich das neue Polizeiblechpferd im Spiegel!

„Morgen gehe ich zur berittenen Polizei!" ,rief es und schlug mit seinem Schweif.

Am nächsten Morgen aber lachten die Pferde es aus. „Was bist denn Du für ein Pferd?!", fragten sie. „ Du siehst aus wie ein Blechgaul."

Sie machten sich den ganzen Tag, über das kleine blau-weiße Polizeiauto, lustig, so dass das Polizeiauto nur noch weg wollte.

„So eine arrogante Bagage habe ich selten gesehen", dachte es. „Bloß, wie werde ich wieder ein Auto?"

Das kleine blau-weiße Polizeiauto ging noch einmal zum Chefauto.

Das Chefauto sagte : „Nun, das habe ich mir gedacht, dass Du dort nicht reinpasst. Die Pferde sind schwierig. Autos sind netter! Dann bauen wir Dich halt wieder zurück!"

So kam es, dass das Polizeiauto wieder ein Polizeiauto wurde und blieb. Es jagte Verbrecher und alles war gut.

Großer grüner Heuwagen

Es war einmal ein großer grüner Heuwagen. Jeden Morgen zog sein Traktor Freund ihn raus aufs Feld, um Heu einzufahren. Das funktionierte gut, und die beiden waren die dicksten Freunde.

Bis eines Tages der Heuwagen beim Heu einfahren eine Maus entdeckte. Der Heuwagen hatte große Angst und scheute vor der Maus zurück.
Der Traktor schalt ihn: „Was machst Du? Bist Du verrückt geworden?"
Der große grüne Heuwagen aber sagte: „Ich bin nicht verrückt, da ist eine Maus!!!
Ich finde Mäuse einfach widerlich!"

Das interessierte den Bauern und er schaute sich das Dilema näher an.
„Oje!", meinte nun Dieser. „Was mache ich denn nun?"

So kam es, dass der große grüne Heuwagen einmal nicht auf's Feld fuhr, sondern zuhause in der Scheune stand. Der Bauer fuhr mit seinem Traktor zum Tierladen.
Er besorgte MÄUSEFALLEN!!!!

Und am nächsten Tag brachten alle zusammen die Fallen auf's Feld. Der Heuwagen sagte: „So ist es richtig, nur weg mit den Ekelviechern!"

Jeden Tag fuhren nun der Traktor und der große grüne Heuwagen mit dem Bauern auf das Feld und überprüften die Fallen. Bis.... ja, bis eines schönen Morgens die Fallen leer waren.

Da sprach der Bauer erfreut: „Ich glaube, wir können wieder Heu einfahren!"

Der große grüne Heuwagen und der Traktor waren froh, wieder Ihrer Lieblingstätigkeit nachgehen zu können, und fuhren von diesem Tag an wieder glücklich gemeinsam Heu ein.

Hendrik das kleine rote Auto

Mach es Dir gemütlich und schließe Deine Augen.
Stell Dir vor, Du gehst über eine Wiese. Auf der Wiese stehen lauter Autos.
Du gehst von Auto zu Auto und wunderst Dich, denn…….

… die Autos sehen alle gleich aus.
Alle sind klein und rot.

Du läufst über die Wiese und entscheidest Dich für eines der Autos.
Du steigst ein.
Das Auto hat eine Ledersitzgarnitur.

Es gefällt Dir.

Du schaltest das Radio ein.

Dann fährst Du los. Langsam holpert das Auto über die Wiese. Und auf einmal beginnt es, die anderen Autos zu grüßen.
„Morgen, Fridolin", ruft es einem schlafenden roten kleinen Auto zu.
„Guten Morgen, Hendrik", antwortet Fridolin, „hast Du etwa einen Freund gefunden?"

„Ja, habe ich! Er ist heute Morgen einfach eingestiegen. Jetzt kann ich die Wiese verlassen."

„Wie heißt Du eigentlich? Fahrer."
„Ach so." Antwortest Du: „Ich heiße Tom".

Tom und Hendrik fahren weiter über die Wiese an den schlafenden Autos vorbei.
Und irgendwann kommen sie an die Straße.

„Oh!", sagt Hendrik, „was fahren hier alles für Autos? Ich dachte alle Autos wären rot und klein …. aber diese hier?"
„Schau sie Dir nur alle an", antwortest Du. „Es sind alles Autos, ob groß , ob klein, rot oder blau oder gelb ….!"

Irgendwann kommen die beiden zuhause bei Tom's Garage an, sie ist sehr schön. Tom sagt: „Heute Nacht leiste ich Dir Gesellschaft."
Hendrik beginnt sich die Räder zu putzen und bettfertig zu machen.
Gemütlich legt Tom sich neben Hendrik...

... und schläft ein.

Stell Dir Dein Auto vor

Leg Dich gemütlich hin.
Nimm Dir ein Kissen ... und
deck Dich zu.

Und nun
... schließe deine Augen.

Stell Dir nun etwas ganz besonders Schönes vor. Dein eigenes
Auto!
Welche Farbe hat es ?
Ist es rot? Oder blau? Oder grün?

Stell es Dir vor ...

nun und

...

ist es ein Mercedes?
Ein Audi?
Ein Renault?

Welche Marke ist es?
...?

Und ist es groß? Oder klein?

Ein Cabriolet?
Ein Kleinwagen?
Ein Rennwagen oder gar ein LKW?

Wenn Du nun weißt, wie Dein Auto aussieht...
Stell es Dir noch einmal genau vor!

Und dann....
öffne die Fahrertür......
und steig ein!

Du setzt Dich hinters Lenkrad.

Startest den Motor und ...

Fährst LOS.

Du fährst auf einer Küstenstraße. Rechts ist das Meer und links sind die Berge.
Das Meer ist schön.
Wale ziehen durch das Wasser.

Du schaust über das Meer. Es ist ganz weit …
Möwen kreischen um Dich herum …
Du fühlst Dich wohl.

Dann biegst Du links ab und fährst in die Berge.
Du fährst immer höher und höher. Bis ganz nach oben über die Wolken. Zu den Teleskopen.

Du hältst an … Und steigst aus.

Langsam wird es dunkel. Die Nacht bricht herein, und Du schaust in die Sterne. Die Sterne sind schön …
Aber so weit weg.

Dann läufst Du zurück zu Deinem Auto.
Du öffnest die Fahrertür und steigst ein.

Du fährst auf einen nahegelegenen Parkplatz.
Du bist ganz müde.
Hinten ist noch Platz auf der Rückbank.

Dort legst Du Dich hin und …

schläfst ein.

Für alle die denen meine Geschichten gefallen haben, hier noch zwei Geschichten von Tieren:

Die Tierärztin

Es war einmal eine kleine Tierstation. Hier lebten lauter kranke Tiere. Hunde mit einer verstauchten Pfote, Katzen mit Milben und Kaninchen, die keine Möhren mehr essen wollten.
Eine Tierärztin kümmerte sich um die kranken Tiere.
Eines Tages kam ein kleiner Junge vorbei mit seinem Hund. Er sagte: „Mein Hund hat eine ekelige Stelle im Fell. Was kann man da nur tun?"
Die Tierärztin antwortete: „Ach, weißt Du, das ist nur eine verstopfte Talgdrüse, nichts weiter ... die schneide ich heraus."
„Toll!", sagte der Junge, dann geht es meinem Hund wieder so richtig gut.

Am nächsten Tag kam ein kleines Mädchen mit Ihrer Katze. Sie sagte: „Meine Katze hat so stumpfes Fell, was ist bloß mit Ihr los?"
Die Tierärztin sah sich die Katze an und antwortete:
„ Wahrscheinlich braucht sie nur eine Aufbauspritze! Das ist schnell erledigt."

So ging es Wochen und Monate.
Bis eines schönen Morgens ein Junge mit seinem Golden Retriever in die Praxis kam.
Der Hund sah schlecht aus: Das Fell war stumpf, der Blick trüb und der Gang ließ ein hohes Alter erkennen.
Der Junge war ganz unglücklich und sprach: „Meinem Hund geht es ganz schlecht. Ich weiß, er ist nicht mehr der Jüngste, aber er war mir immer ein guter Freund. Ich will ihn nicht verlieren!"

Die Tierärztin sah sich den Hund genauer an. „Nun", sagte sie, „dann lass uns mal Blut abnehmen, vielleicht können wir das Leben Deines Hundes verlängern!"
„Dein Hund kommt in eine Box und nur die Pfote guckt heraus. Dann kann er mir nichts tun. Ich rasiere die Pfote und nehme dann Blut ab!"
So geschah es.

Am nächsten Morgen jedoch, als der Junge kam, sagte die Tierärztin: „ Es tut mir leid, aber Dein Hund ist sterbenskrank.
Er kommt in den Hundehimmel.
Lass uns ihn dorthin begleiten."
Der Junge war ganz unglücklich und weinerlich:„Aber er war mir immer ein guter Freund! Ich muss mich wenigstens verabschieden.!"
„ Komm" , sagte die Tierärztin.

Sie gingen zu dem Hund und der Junge redete nochmal mit seinem Freund. Er sagte ihm, dass er keine Angst haben müsse, dass alles gut sei.
Dann brachten sie ihn in den Hundehimmel. Der Hund schlief mit einem Lächeln auf der Schnauze ein, und der Junge hatte das Gefühl, es richtig gemacht zu haben.

Trotzdem ging er traurig zu seiner Mutter nach Hause. Die Mutter aber sprach: „Dein guter Freund ist nun im Hundehimmel. Das ist gut so , denn er war alt und gebrechlich ... Sei nicht so traurig. Wenn Du willst, gehen wir ins Tierheim und gucken, ob wir einen neuen Freund für Dich finden."

Der Junge war sofort Feuer und Flamme. Und im Tierheim bestürmte ihn ein kleiner Hund. Und freute sich und schleckte ihn ab.

Den nahm er mit.

Der Drache Ferdinand

Der kleine Drache Ferdinand wachte eines Morgens in seiner Höhle auf und war ganz unglücklich.
„Meine Höhle ist so dreckig! Die Wände waren immer schön weiß, aber jetzt sind sie grau in grau.
Außerdem liegt ganz viel rum. Ich brauche eine Frau!"
Der Drache fing bitterlich zu weinen an, denn in seinem Land gab es keinen anderen Drachen als ihn.
Zum Glück kam das Krokodil des Wegs und bemerkte, dass etwas nicht stimmte.
„Was ist denn los", fragte es.
Ferdinand erzählte es ihm, und das Krokodil antwortete:
„Hör auf zu weinen, ich bringe Dich ins Drachenland, da kannst Du sicher eine Frau finden."

So kam es, dass ein Drache und ein Krokodil sich auf den weiten Weg ins Drachenland machten.
Sie gingen über Wiesen und durch Wälder, durch Täler und schwammen durch Seen, über Berge und Felder, bis
ja, bis sie ins Drachenland kamen.

Vor dem Drachenland war ein großes Tor, dort stand ein feuerspeiender Drache.
Ferdinand bekam Angst, denn er hatte so einen Drachen noch nie gesehen.
„Was sollen wir nur tun?", fragte er das Krokodil.
„Du bist doch auch ein Drache," sagte Dieses, „Du brauchst keine Angst zu haben!"

Ferdinand nahm allen Mut zusammen und sprach den feuerspeienden Drachen am Tor an.
Dieser war sehr freundlich und sagte:
„Natürlich kannst Du Dir eine Drachenfrau suchen, aber nicht Kunigunde, sie ist die Schönste!"

Ferdinand ging ins Drachenland und tatsächlich sah er viele schöne Drachenfrauen, nur eine war die Schönste! Und DIE wollte er haben.

ES WAR JEDOCH KUNIGUNDE!

Doch auch Kunigunde verliebte sich sofort in Ferdinand und so nahm Ferdinand seinen ganzen Mut zusammen und fragte:
„Möchtest Du mit mir in mein Land kommen?"
Kunigunde, die ebenfalls Feuerspeien konnte, gab ihm einen Feuerkuß.

„Weißt Du, das Problem ist, der feuerspeiende Drache am Tor", sagte sie, „er ist, mein Vater! Aber wenn Du mir schöne Sachen kaufst und mir Schmuck schenkst, wird er mich sicherlich ziehen lassen!"

Ferdinand legte sich mächtig ins Zeug und kaufte die schönsten Dinge.

So geschmückt und gekleidet gingen die beiden ans Tor. Der feuerspeiende Drache ließ Kunigunde ziehen, er sagte zum Abschied:
„Kunigunde, ich sehe, Du bist nun abgesichert, gerne lasse ich Dich gehen."

Glücklich gingen die beiden in Ferdinands Land und leben dort noch immer.